Cendrillon

D'après Charles Perrault
Illustrations originales de
Matthieu Blanchin

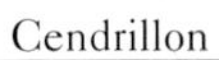

Il était une fois une petite fille qui allait pleurer chaque jour sur la tombe de sa maman. Elle s'appliquait, jour après jour, à être gentille comme sa mère le lui avait demandé avant de mourir.

Elle vivait avec son père. Les oiseaux étaient ses seuls amis ; ils l'accompagnaient en chantant partout où elle allait.

Un jour, le père se remaria avec une femme qui avait deux filles, aussi prétentieuses, méprisantes et laides que leur mère. Toutes les trois ne pouvaient supporter la bonté et surtout la beauté de la jeune enfant.

Alors, elles l'obligèrent à se vêtir misérablement et à faire les travaux les plus désagréables de la maison. La pauvre enfant souffrait en silence, elle n'osait se plaindre à son père.

Lorsque la petite avait fini ses corvées, elle allait s'asseoir près du feu, presque dans les cendres ; c'est pour cette raison que les méchantes sœurs et leur mère l'appelèrent Cendrillon.

Malgré sa triste vie, Cendrillon devenait de plus en plus jolie, contrairement à ses deux sœurs qui, elles, restaient disgracieuses.

Il arriva que le fils du roi donna un bal qui devait durer trois jours. Toutes les filles du royaume furent invitées ; le prince voulait choisir parmi elles une fiancée. Quand les deux sœurs l'apprirent, elles furent folles de joie. Elles ne pensaient plus qu'aux robes qu'elles mettraient, qu'aux coiffures qu'elles choisiraient.

Et, bien sûr, c'est Cendrillon qui dut repasser tout leur linge, faire briller leurs chaussures, et même les coiffer ; ce qu'elle fit de son mieux et de bon cœur, bien qu'elle brûlât d'envie d'aller au bal elle aussi. Après avoir longtemps hésité, elle demanda la permission à sa belle-mère.

— Toi, au bal ! Et pour quelle raison ? Pour cirer le parquet, laver les torchons ? se moqua la méchante femme.

Mais Cendrillon insista et supplia tant et si bien que sa belle-mère, avec une lueur de méchante malice dans les yeux, lui dit :

— Si tu ramasses et tries en deux heures les lentilles que je vais jeter dans la cendre, tu pourras venir avec nous au bal.

Cela était infaisable. Alors Cendrillon eut l'idée d'appeler ses amis les oiseaux. Elle leur montra les lentilles et leur dit :

— Les bonnes dans le petit pot, les autres dans votre jabot !

Comme les oiseaux l'adoraient, ils furent ravis de l'aider. Ils trièrent les lentilles : pic, pic, pic, pic, pic... et en une heure tout était fini.

Toute heureuse et fière, Cendrillon alla revoir sa belle-mère, qui lui dit, en cachant son étonnement et son agacement :

— Si tu arrives maintenant à trier en une heure deux pots de lentilles que je vais jeter dans la cendre, tu pourras venir avec nous au bal.

Nullement découragée, Cendrillon appela une nouvelle fois ses amis du jardin et leur dit :

— Les bonnes dans le petit pot, les autres dans votre jabot !

Et pic, pic, pic, pic, pic... en moins d'une heure, tout fut fini.

Toute heureuse et fière, Cendrillon retourna voir sa belle-mère ; celle-ci cacha encore une fois son étonnement et, à court d'idée, lui dit :

— Tout cela ne sert à rien, tu n'as pas de robe à te mettre.

Lorsque les trois méchantes femmes partirent pour le bal, Cendrillon s'effondra en larmes. Elle sanglotait encore quand, dans un tourbillon de poussière d'étoiles, une fée apparut : c'était sa marraine.

— Tu voudrais bien y aller aussi, n'est-ce pas ? lui dit-elle.

— Hélas, oui, dit Cendrillon dans un sanglot.

— Essuie tes jolis yeux ma belle, je t'y ferai aller. Va dans le jardin et rapporte-moi une citrouille, dit la marraine.

Cendrillon alla cueillir la plus belle citrouille qu'elle put trouver et l'apporta à sa marraine, tout en se demandant comment une citrouille pourrait bien la faire aller au bal. La fée creusa la citrouille et lorsqu'il ne resta plus que la peau, elle la toucha de sa baguette magique ; la citrouille fut aussitôt changée en un carrosse doré.

Puis la marraine alla voir dans la souricière, trouva six souris, les toucha de sa baguette, et elles se transformèrent en six magnifiques chevaux qui allèrent se placer d'eux-mêmes devant le carrosse.

Puis, la fée changea un rat moustachu en un superbe cocher, et six lézards en six laquais.

Pour terminer, elle caressa Cendrillon de sa baguette magique ; ses vieux vêtements sales furent aussitôt remplacés par une robe brodée d'or et d'argent. Cendrillon regarda ses pieds : ses pauvres sabots étaient devenus de jolies petites pantoufles de vair.

Devant tant de splendeur, une grande émotion déborda de son cœur et monta jusqu'à ses yeux.

La marraine dit en riant :

— Oh non ! ce n'est pas le moment de pleurer, mais celui d'y aller.

Cendrillon monta dans le carrosse comme sur un nuage ; sa marraine lui dit alors :

— Prends garde ! Tu dois être rentrée avant le douzième coup de minuit. Après, l'enchantement cessera ; le carrosse se changera en citrouille, les laquais en lézards, les chevaux en souris, le cocher en rat et tes beaux habits redeviendront ce qu'ils étaient. Cendrillon l'embrassa, la remercia de tout son cœur et promit de rentrer avant minuit, et le carrosse partit.

Lorsque Cendrillon entra dans la salle de bal, un grand silence se fit. On cessa de parler, on cessa de danser, les violons s'arrêtèrent de jouer. Chacun admirait la grande beauté de cette mystérieuse inconnue.

On n'entendait qu'un murmure confus :

— Ah ! Mais qu'elle est belle !... Mais qui est-elle ?...

Le jeune prince s'approcha de Cendrillon, lui prit la main avec beaucoup de respect et l'invita à danser. Les sœurs de Cendrillon, qui ne l'avaient, bien sûr, pas reconnue, l'admiraient, bouche bée.

Le prince ne la quitta pas non plus des yeux de toute la soirée. Soudain, Cendrillon entendit minuit moins le quart sonner. Elle fit une révérence à toute la compagnie et s'enfuit le plus vite qu'elle put.

Dès qu'elle fut arrivée à la maison, elle remercia sa marraine et lui dit qu'elle aimerait bien retourner au bal le lendemain, car le prince l'en avait priée. La bonne fée hocha la tête d'un air entendu et, dans une poussière d'étoiles, elle disparut.

Peu de temps après, les sœurs et leur mère rentrèrent du bal.

— Ah ! si tu étais venue, tu aurais vu une princesse inconnue d'une beauté et d'une grâce sans pareilles. Le prince n'a dansé qu'avec elle. Cendrillon cacha un sourire et ne révéla rien de sa soirée, bien sûr. Le lendemain soir les deux sœurs et leur mère partirent au bal.

Peu après, la fée apparut. Comme la veille, Cendrillon vit une grosse citrouille se transformer en carrosse, les souris en chevaux, le rat en cocher, les lézards en laquais ; ses pauvres habits devinrent une merveilleuse robe et ses sabots de jolies petites pantoufles de verre. Elle partit pour le bal, le prince ne voulut danser qu'avec elle. Lorsqu'elle entendit sonner minuit moins le quart, elle fit une révérence et rentra. Les sœurs ne se doutèrent de rien, comme la veille.

Le troisième soir, la robe de Cendrillon était encore plus belle. Avant de partir, Cendrillon promit à la fée de rentrer avant minuit. Le prince l'attendait avec impatience, et ils restèrent ensemble toute la soirée.

Quand ils ne dansaient pas, le prince parlait et plus il parlait, plus Cendrillon souriait.

La jeune fille étourdie de bonheur n'entendit pas les huit premiers coups de minuit sonner. Au neuvième, elle réagit et s'enfuit si vite que le prince ne put la rattraper.

Dans sa précipitation, Cendrillon perdit, sur les marches du grand escalier, une pantoufle. Le prince la ramassa et la serra sur son cœur.

Cendrillon revint à la maison tout essoufflée, dans ses pauvres habits, sans carrosse, sans laquais. Il ne lui restait plus rien de toute sa splendeur, sinon une de ses petites pantoufles. Elle la cacha dans la poche de son misérable tablier. N'était-elle pas comme un précieux souvenir que sa marraine lui permettait de garder ?

Au même moment, le prince montrait l'autre petite pantoufle au roi, et dit qu'il épouserait celle dont le pied pourrait s'y glisser.

— Qui d'autre que ma bien-aimée peut chausser cette merveille ?

On commença par essayer cette pantoufle à toutes les femmes de la cour, mais inutilement. On alla alors par tout le royaume, chez toutes les jeunes filles en âge de se marier.

Les sœurs de Cendrillon se réjouirent, pensant que la pantoufle leur irait peut-être. Lorsqu'on présenta la pantoufle à l'aînée, celle-ci fit mille contorsions et mille grimaces pour essayer d'y entrer, mais comme toutes les autres, elle ne put y parvenir. La sotte en était si vexée que, de rage, elle en pleurait.

La seconde sœur, plus stupide encore, voyant qu'elle n'arrivait à y glisser que deux orteils, s'entêta tout de même comme une forcenée. On dut lui arracher la pantoufle des mains. Elle avait envie de griffer tant sa fureur était démesurée.

On demanda s'il n'y avait pas d'autre fille dans la maison.
— Si, moi ! dit alors Cendrillon en s'avançant.
Les sœurs et leur mère pouffèrent de rire.
— Cendrillon, la souillon ! la princesse du bal, c'est impossible !

Mais Cendrillon avança son pied. On approcha la pantoufle ; elle lui allait parfaitement. L'étonnement des sœurs et de leur mère fut si grand que les yeux faillirent leur sortir de la tête, et quand Cendrillon tira de son tablier la deuxième pantoufle de verre, c'est leur langue qu'elles faillirent avaler.

Elles n'étaient pas encore au bout de leur surprise...

Soudain, un tourbillon de poussière d'étoiles vint envelopper Cendrillon, et elles reconnurent alors la princesse du bal ; sa robe était encore plus belle que toutes les autres.

Les sœurs se jetèrent aux pieds de Cendrillon pour implorer son pardon, ce qu'elle fit de bon cœur. On mena alors Cendrillon chez le jeune prince qui l'épousa le jour même. Les oiseaux fidèles accompagnèrent en chantant le cortège des jeunes mariés, qui vécurent heureux pendant de longues, longues années.

Le Loup et les Sept Biquets

Illustrations originales de
Jeff Rey

Il était une fois une maman chèvre qui avait sept adorables biquets. Ils vivaient ensemble paisiblement dans une jolie petite maison à la lisière d'une forêt.

Un jour, la chèvre réunit ses sept chevreaux autour d'elle pour leur recommander de l'écouter attentivement :

— Mes chers petits, je dois vous quitter pour aller chercher de la nourriture dans les bois ; je n'en ai pas pour très longtemps, mais n'ouvrez à personne pendant mon absence.

Et, surtout, prenez garde au loup : s'il entrait dans la maison, il vous mangerait. Le vieux filou se déguise souvent, mais à sa grosse voix et à ses pattes noires vous le reconnaîtrez facilement.

Les sept biquets répondirent en chœur :

— Nous ferons bien attention et nous n'ouvrirons pas la porte au loup, c'est promis, chère maman, c'est promis.

La chèvre les embrassa très tendrement et se mit en chemin.

A peine venait-elle de partir qu'on frappa à la porte.
L'aîné des biquets, prudent, demanda :

— Qui est là ?

Quelqu'un répondit en tapant à nouveau :

— Ouvrez, mes chers petits, c'est votre maman qui est de retour !

Mais les biquets n'étaient pas si bêtes, cette grosse voix inquiétante ne pouvait être que celle du loup. Ils se serrèrent les uns contre les autres pour se rassurer et répondirent tous ensemble :

— Tu n'es pas notre maman. Elle a une voix douce et caressante, la tienne est rauque et effrayante. Nous n'ouvrirons pas ! Va-t'en, loup, va-t'en !…

Dehors, le loup, car c'était bien lui, était furieux d'avoir été reconnu si vite. En grognant, il réfléchissait au moyen d'entrer dans la maison. Puis il fila soudain jusqu'au village voisin. Arrivé chez l'épicier, il demanda :

— Marchand, donne-moi du miel, et tout de suite !

L'épicier se doutait bien que le loup préparait un mauvais coup, mais que pouvait-il faire devant cet animal aux crocs menaçants surgi dans son magasin ? Il lui tendit un grand pot de miel. Le loup le mangea entièrement, car il savait que cela radoucit la voix. Puis il s'empressa de retourner à la maison des biquets.

Avec une voix beaucoup plus claire et plus douce cette fois, il frappa de nouveau à la porte :

— Ouvrez, les enfants, ouvrez ! C'est votre maman qui rapporte à chacun quelque chose !

Mais le loup avait posé par mégarde sa grosse patte noire sur le rebord de la fenêtre. Les biquets la virent et surent tout de suite à qui elle appartenait. Ils se blottirent les uns contre les autres pour se donner du courage et crièrent ensemble :

— Tu n'es pas notre maman. Elle a de jolies pattes blanches, alors que les tiennes sont toutes noires et griffues. Nous n'ouvrirons pas! Va-t'en, loup, va-t'en !…

Le loup retira sa patte de la fenêtre, et, très en colère d'avoir été encore si maladroit, il retourna au village et entra cette fois chez le boulanger. Il voulut paraître effrayant, mais sa voix ne l'était plus vraiment :

— Je me suis fait mal à la patte, recouvre-la de pâte à pain, cela me fera du bien.

Le boulanger, un peu surpris d'entendre cette voix mielleuse sortir d'une aussi grande gueule et craignant quelque mauvais tour, refusa net :

— Si tu ne m'obéis pas, je te mange !, cria alors l'animal avec une voix ridicule.

Mais il était fou de rage, et ses yeux terrifiants semblaient lui sortir de la tête.

Le boulanger n'avait plus guère le choix. Il lui enveloppa donc la patte immédiatement et sans discuter.

Ensuite le loup alla chez le meunier et lui demanda de la farine.

Le meunier pensa, lui aussi, que le loup devait avoir en tête quelque méchante idée. Mais que pouvait-il faire en face de ce gros loup féroce aux yeux remplis de haine ? Il lui donna donc un sac de farine. L'animal mit sa patte dedans, la tourna bien pour qu'elle devienne toute blanche, puis s'élança vers la maison des biquets. Il frappa à la porte et dit de sa voix de miel :

— Ouvrez, mes chéris, c'est moi, votre maman, qui revient le panier plein de bonnes choses pour vous tous.

A ces mots, les biquets se pelotonnèrent les uns contre les autres, et l'aîné demanda :

— Montre-nous ta patte par la fenêtre pour que nous soyons sûrs que tu es bien notre chère petite maman !

Le loup posa alors sa patte toute blanche de farine sur la fenêtre, et les biquets s'exclamèrent, tout joyeux :

— C'est elle, c'est elle, c'est maman, cette fois c'est bien notre maman !

Et, confiants, ils ouvrirent grand la porte. Mais, horreur !, ce n'était pas la gentille chèvre aux beaux poils blancs, mais le loup, énorme et noir, la gueule grande ouverte et l'air tout triomphant.

Terrorisés, les biquets sautèrent se réfugier dans tous les coins de la maison. Le premier se cacha sous la table, le second dans le lit, le troisième dans le four, le quatrième dans la huche à pain, le cinquième dans le buffet, le sixième dans un coffre et le septième, le plus jeune, dans la caisse de l'horloge.

Mais le loup ne tarda guère à les dénicher, l'un après l'autre : tout d'abord celui qui était sous la table, puis le second dans le lit, le troisième dans le four, le quatrième dans la huche à pain, le cinquième dans le buffet et le sixième dans le coffre. Seul le dernier resta bien immobile dans l'horloge, et le tic-tac couvrit même sa respiration, si bien que le loup ne le trouva pas.

Le loup avala les six pauvres biquets : gloup ! gloup ! gloup ! Et sans même prendre le temps de les croquer : gloup ! gloup ! gloup ! Après cela, il se sentit tout à fait rassasié et sortit chercher l'ombre d'un arbre pour faire un petit somme.
A peine fut-il allongé dans l'herbe qu'il s'endormit, et bientôt son ronflement terrible fit trembler toute la prairie.

Peu de temps après, les bras chargés de provisions, maman chèvre rentra à la maison. Quelle angoisse, quand elle découvrit à l'intérieur le plus épouvantable des désordres ! Elle en fut suffoquée… Le loup avait tout culbuté pour trouver les biquets, tout : la table, les chaises étaient renversées, le coffre et la huche à pain en morceaux, la porte du four arrachée, les couvertures et les draps par terre. Tout était sens dessus dessous.

La chèvre, complètement affolée, chercha partout ses petits, les appela un par un, mais personne ne lui répondit. Bouleversée, elle gémissait :

— Mes petits, mes chers petits, mais que leur est-il arrivé ? Le monstre ! Il me les a donc tous mangés !…

— Pas tous, maman, pas tous, je suis là moi, fit une toute petite voix apeurée qui lui sembla venir de la caisse de l'horloge.

Vite, la chèvre se précipita pour délivrer son plus petit et le serra dans ses bras plus fort qu'elle ne l'avait jamais fait. Il lui raconta que le loup était venu, comment il les avait trompés en changeant sa voix et en montrant patte blanche, et comment ensuite il avait mangé tous ses frères et sœurs l'un après l'autre. La malheureuse chèvre pleura ses enfants à chaudes larmes, et, en regardant sa maison dévastée, elle regretta amèrement de les avoir laissés seuls.

Entre deux sanglots, elle entendit un étrange grondement qui provenait de la prairie. En tenant son chevreau, elle sortit et se dirigea vers ce bruit. Tous deux découvrirent, affalé sous un arbre, le loup. Il ronflait si fort que toutes les feuilles sur les branches en frissonnaient. La chèvre s'approcha avec précaution et vit alors que, dans le ventre énorme du monstre, quelque chose gigotait.

— Ah, grand Dieu ! Par chance mes enfants seraient-ils encore en vie ?, se dit-elle, soudain pleine d'espoir.

— Cours à la maison me chercher les ciseaux, du fil et une grosse aiguille !, fit-elle à l'oreille du jeune chevreau.

Le petit partit comme l'éclair et revint aussi vite.

Alors, la chèvre ouvrit le ventre de la bête : au premier coup de ciseaux, un des biquets montra sa petite tête, et, à chaque coup suivant, un autre s'échappait en bondissant. Aucun n'était blessé, car le loup les avait avalés tout rond, sans leur donner le moindre coup de dent.

Tous sautèrent bientôt joyeusement autour de leur mère, qui les embrassa en pleurant de joie. Et, pendant ce temps, le loup, abruti de sommeil, ronflait toujours, et aussi bruyamment.

La chèvre ne voulut pas en rester là. Elle dit à ses petits :

— Allez tous chercher du sel, tous les sacs de sel que nous avons dans la maison, de la cave au grenier, tous.

Les biquets obéirent et ramenèrent bientôt tout le sel qu'ils purent trouver.

La chèvre en remplit sans tarder le ventre du loup, puis se hâta de le recoudre pour qu'il ne s'aperçoive de rien en se réveillant ; le monstre dormait toujours, et aussi profondément.

Lorsqu'elle eut fini, ils rentrèrent tous bien vite dans leur maison, verrouillèrent soigneusement la porte et regardèrent par la fenêtre ce qui allait se passer.

Quelques instants plus tard, le loup se réveilla. Il souffrit tout de suite d'une terrible soif, une soif comme il n'en avait jamais eue de sa vie, une soif à engloutir tout un océan, une soif à ramper pour une goutte d'eau. Son estomac en feu et sa langue le brûlaient si atrocement qu'il s'empressa de courir jusqu'à la rivière, où il but, il but tant qu'il put.

Mais il but tellement qu'il devint vite aussi lourd qu'un rocher, si bien que son poids l'entraîna au fond de l'eau, d'où il ne revint plus jamais.

Quant à la chèvre et ses biquets, ils sortirent de leur maison en criant :

— Hourra ! Le loup s'est noyé ! Hourra ! Hourra ! Hourra !

Et ils firent mille cabrioles, mille rondes endiablées, et dansèrent jusqu'à la nuit. Alors, épuisés, mais enfin remis de leurs émotions, tous rentrèrent se coucher et, bien serrés les uns contre les autres, ils s'endormirent bientôt, bercés par le doux tic-tac de l'horloge.

Édité par :
Éditions Glénat
Services éditoriaux et commerciaux :
31 – 33, rue Ernest Renan
92130 Issy-les-Moulineaux

Conseiller artistique : Jean-Louis Couturier
Photo de couverture : Eric Robert

Imprimé en Italie par Eurografica
Dépôt légal : Août 2005
Achevé d'imprimer en mai 2006

ISBN : 2.7234.5292.1

Loi n° : 49-956 du 16 juillet 1949 sur les publications destinées à la jeunesse.